DISCOURS

PRONONCE Z

A

L'ACADEMIE FRANÇOISE.

Le vingt-cinquième Aouſt 1687.

A PARIS,

Chez CLAUDE BARBIN, au Palais, ſur le
ſecond Perron de la ſainte Chapelle.

M. DC. LXXXVII.

(*)

Monsieur l'Abbé de Choisy ayant été élu par l'Academie Françoise à la place de feu Monsieur le Duc de Saint Aignan, il y vint prendre séance le jour de Saint Loüis vingt-cinquiéme Aoust 1687. & fit le remerciment suivant.

REMERCIMENT

De Monsieur l'Abbé DE CHOISY.

ESSIEURS,

Si les Loix de l'Académie me le permettoient,
je garderois aujourd'hui un silence respec-
tueux, j'imiterois les nouveaux Cardinaux, qui
en prenant leur place dans le sacré College
ont quelque tems la bouche fermée, & je ne
songerois qu'à me taire jusqu'à ce que vous
m'eussiez appris à bien parler ; mais il faut obeïr
à la coutume, il faut que ma reconnoissance
paroisse, & de quelles expressions pourray-je

A iij

me fervir pour vous la montrer toute entiere ? comment vous marquer la joie dont je me fens penetré en me voyant affocié à ce qu'il y a de plus grand & de plus illuftre dans ce Royaume?

C'eft ici que les premiers hommes de l'Etat fe dépoüillent de tout le fafte de la grandeur, & ne cherchent de diftinction que par la fublimité du genie & par la profonde capacité : car, MESSIEVRS, ce n'eft ni la naiffance feule ni les feules dignitez qui rendent votre Compagnie fi celebre, il ne fuffiroit pas pour entrer chez vous d'avoir paffé par les plus grands emplois, l'efprit & le fçavoir vous ont ouvert la porte de l'Academie, c'eft ce qui vous diftingue du refte des hommes, & qui fait admirer parmi vous des Theologiens fublimes, des Philofophes penetrans, des Poëtes & des Orateurs du premier ordre, & des Hiftoriens qui feront paffer à nos neveux les merveilles de notre fiecle.

Quand je me vois placé entre tous ces grands Hommes que deformais j'appellerai mes Confreres, je me fens excité par une noble émulation à fuivre des exemples qui me vont eftre familiers ; l'affiduité à vos Affemblées me tiendra lieu de merite, & peut-être m'en donnera; je crois déja fentir en moi l'Efprit de l'Acade-

mie qui m'éleve au deffus de moi-même, & j'en
ai befoin pour reparer la perte que vous avez
faite : elle eft grande, MESSIEVRS, celui
dont je remplis là place merite vos regrets &
nos loüanges.

A peine eft-il forti de l'enfance qu'il marche M. le Duc de
aux combats & à la gloire fur les traces de fes S. Aignan.
Ancêtres, il eft bleffé au Combat de Vaudre-
vange, au Siege de Dole, & plus dangereufe-
ment à celui de Graveline, & fi dans la fuite il
cherche par tout les occafions de faire éclater
fa valeur, c'eft que cette valeur, cette ardeur de
gloire qui fait les Heros rempliffoit fon cœur,
& que trop grande & trop vive pour s'y con-
tenir elle fe répandoit au dehors.

Qui de Vous, MESSIEVRS, n'a pas connu
l'élevation & la vivacité de fon Efprit ? Il en
laiffoit à tous momens échaper des traits per-
çans : Gouverneur de Province, Duc & Pair,
premier Gentil-homme de la Chambre, il trou-
voit encore du temps à donner aux Mufes, & fe
fentoit honoré du titre d'Academicien.

La bonté de fon cœur l'engageoit à fervir
tout le monde ; c'étoit affez d'être homme d'Efprit ou malheureux pour avoir fa protection
particuliere, mais ce qui feul feroit fon éloge,
il avoit eu toujours un attachement inviolable
& tendre à la Perfonne du Roi, & ce grand

Prince l'honoroit de sa bienveillance.

Tant d'avantages qui le distinguoient dans la premiere Cour du monde, ne l'ont point exempté de la loi commune : il est mort mais il a laissé à la France un Fils digne heritier de son grand cœur & de ses vertus, qui dés sa plus tendre jeunesse au milieu de la Cour & de la Guerre, de la faveur & des plaisirs a consacré toutes ses vertus morales par une pieté Chrêtienne, pieté singuliere universellement reconnuë & respectée.

C'est à vous, MESSIEVRS, à marquer par des traits immortels, les actions de ce grand Homme dont la perte vous sera long-temps sensible : Vous le ferez, sa memoire vivra à jamais dans vos Ouvrages, tout ce qui part de vos mains se sent du genie sublime de votre Fondateur.

Si l'on a dit autrefois que comme Cesar par ses Conquestes avoit augmenté l'Empire de Rome, Ciceron par son éloquence avoit étendu l'Esprit des Romains, ne pouvons nous pas dire que le Cardinal de Richelieu seul a fait en France ce que Cesar & Ciceron avoient fait à Rome, & que si par les ressorts d'une politique admirable il a reculé nos frontieres, il nous a élevé poli, & si je l'ose dire agrandi l'esprit par l'établissement de l'Academie.

Mais,

Mais, MESSIEVRS, s'il a tant fait pour l'Etat en formant votre Compagnie, il a encore plus fait pour lui même : En vain pour fa gloire eut-il trouvé le moyen d'abaiffer la fierté de cette maifon orgueilleufe qui ofoit fe comparer à la maifon de France ; En vain par la prife de la Rochelle eut-il donné le premier coup au monftre qui vient d'expirer à nos yeux, fon nom pouvoit perir encore, & la plûpart de fes actions, quoy que marquées à un caractere fingulier de grandeur euffent pû être ignorées des âges fuivans, fi en fondant l'Academie il n'eût fondé en même-têms le fouvenir éternel de fa gloire.

A fa mort l'Academie éperduë trouva un azile chez un illuftre Chancelier, dont la mémoire vous fera toûjours chere, & qui pendant plus de trente-cinq années premier Chef de la Juftice a toûjours paffé pour le plus éclairé des Magiftrats.

Mais quand vous l'eûtes perdu, retombez en de nouvelles allarmes, incertains de vos deftinées, quelle joie pour Vous, & quelle gloire ? Un Roi le plus grand des Rois fe déclare votre Protecteur, Vous reçoit dans fon Palais, & Vous égale aux premieres Compagnies de fon Royaume. Par là, MESSIEVRS, par là dans les fiécles futurs vos noms deve-

B

nus immortels marcheront à la fuite du fien ;
& vous pouvez vous répondre à vous-mêmes
de l'immortalité que vous fçavez donner aux
autres : Vous la fçavez donner feurement, &
vous la donnerez à LOUIS : il fe fait entre
ce Prince & Vous un commerce de gloire, &
fi fa protection vous fait tant d'honneur, vous
pouvez vous flater de n'être pas inutiles à fa
gloire : Ouï, MESSIEVRS, ce Prince fi ne-
ceffaire à tous, à fes fujets qu'il a déja rendu les
peuples les plus redoutables du monde, & qu'il
va achever de rendre les plus heureux, à fes
Alliez, à qui il accorde partout une protection
fi puiffante, à fes Ennemis mêmes, dont il fait
le bon-heur malgré eux en les forçant à de-
meurer en paix, Ce Prince qui à l'exemple de
Dieu dont il eft l'image vivante femble n'a-
voir befoin que de lui-même, il a befoin de
Vous pour fa gloire, & fon Nom tout grand
qu'il eft auroit peine à paffer tout entier à la
derniere pofterité fans vos Ouvrages.

Vous y travaillez, MESSIEURS déja plus
d'une fois vous l'avez montré aux yeux des
hommes également grand dans la paix & dans
la guerre ; mais qu'eft-ce que la valeur des plus
grands Heros comparée à la pieté des veritar
bles Chretiens ? Il regne ce Roi glorieux &
toujours attentif à la reconnoiffance qu'il doit

à celui dont il tient tout, il songe continuellement à faire regner dans son Cœur & dans
soy Royaume ce Dieu, qui depuis tant d'années répand sur sa Personne une si longue sui-
te de prosperitez : N'a-t-il pas fait taire ces
malheureux, qui malgré les lumieres naturel-
les de l'ame affectent une impieté à laquelle
ils ne sçauroient parvenir ? N'a-t-il pas repri-
mé cette fureur de blasphême assez audacieux
pour aller attaquer Dieu jusques dans son
trône?

Il fait plus : il s'embrase du zele de la maison de Dieu, il n'épargne ni soins ni dépense
pour augmenter le Royaume de JESUS-CHRIST;
Son zele traverse les Mers, & va chercher aux
extremitez de la terre des peuples ensevelis dans
les tenebres de l'idolatrie : Les premieres diffi-
cultez ne le rebutent point, il suit avec con-
stance un dessein que le Ciel lui a inspiré &
si nos vœux sont exaucez, bien-tôt sous ces
auspices la Foi du vrai Dieu sera triomphante
dans les Royaumes de l'Orient?

Que dirai-je encore ? ce Heros Chretien
attaque ouvertement ce parti formidable de
l'Heresie qui avoit fait trembler les Rois ses
Predecesseurs, il acheve en moins d'une année
ce qu'ils n'avoient osé entreprendre depuis
prés de deux siecles, & le monstre infernal

reduit aux abois rentre pour jamais dans l'a-
bîme, d'où la malice des Novateurs & les
mœurs corrompuës de nos Ayeux l'avoient fait
fortir : Heureufe France, tu ne verras plus les
enfans déchirer tes entrailles, une même Religion leur fera prendre les mêmes interefts ; &
c'eft à LOUIS LE GRAND que tu és rédevable
d'un fi grand bien : Parlons plus jufte, c'eft à
Dieu. Et le même Dieu pour affurer notre bon-
heur vient de nous conferver ce Prince & de
le rendre aux prieres ardentes de toute l'Europe : Car MESSIEURS, les François ne font
pas les feuls qui s'intereffent à une fanté fi pré-
cieufe, & fi quelques Princes jaloux de la gloire du Roi ont témoigné par de vains projets
de ligues vouloir profiter de l'état où ils le
croyoient, leurs fujets mêmes & tous les peuples de l'Europe faifoient des vœux fecrets
pour lui, fçachant bien qu'en fa feule Perfonne refide la tranquilité univerfelle.

Mais où m'emporte mon zele, à peine placé parmi Vous, j'entreprends ce qui feroit
trembler les plus grands Orateurs, & fans con-
fulter mes forces, j'ofe parler d'un Roi dont
il n'eft permis de parler qu'à ceux, qui comme
Vous, MESSIEVRS, le peuvent faire d'une
maniere digne de lui.

Aprés que Monsieur l'Abbé de Choisy eût ainsi remercié l'Academie, Monsieur de Bergeret Secretaire du Cabinet, & premier Commis de Monsieur de Croissy Ministre & Secretaire d'Etat, se trouvant alors Directeur, prit la parole, & lui répondit en ces termes.

ONSIEUR,

L'éloquence, l'esprit & la politesse du Remerciement que vous venez de faire à l'Academie, lui renouvellent le sentiment de tout ce qu'elle a perdu en la personne de Monsieur le Duc de Saint Aignan : Et je puis vous dire aussi MONSIEUR, qu'Elle ne pouvoit pas vous donner une marque plus honorable de l'estime qu'Elle

B ij

fait de Vous qu'en vous recevant à la place d'un homme de ce merite, dont elle honorera toujours & cherira la memoire.

Il est bien juste que les Lettres répondent à l'amour qu'il a eu pour elles; & que par des marques éternelles de leur reconnoissance elles fassent voir qu'il n'y a point d'homme en quelque rang que la fortune l'ait élevé, à qui il ne soit glorieux de les avoir aimées.

Monsieur le Duc de Saint Aignan les aimoit de la même passion dont il aimoit la gloire; & il avoit pris tous les soins necessaires pour avoir ce qu'elles ont de plus utile & de plus agréable. Il étoit bien éloigné de la vaine erreur de ceux qui s'imaginent que tout le merite consiste dans le hazard d'être né d'une ancienne maison, & il ne regardoit l'avantage d'avoir tant d'illustres Ayeux, que comme une obligation indispensable d'augmenter l'éclat de leur nom par un merite personel.

Dés qu'il pût lire notre Histoire, il y vit avec une noble émulation, son Tris-ayeul le Comte de Saint Aignan, Gouverneur du Berry & Chef du Conseil du Duc d'Alençon; il resolut aussi-tôt, ou de mourir jeune dans la carriere de l'honneur, comme le Comte de Saint Aigna son Pere, ou d'y aller plus loin que son Tris ayeul, comme il a fait en meritant l'estime &

la confiance du Roi.

Il jugea que le meilleur moyen de parvenir à ce comble d'honneur, étoit de joindre les Lettres avec les Armes, par une alliance qui n'eft pas moins naturelle que celle de l'efprit avec le cœur, & fe voyant attaché au fervice d'un Prince dont les Vertus heroïques donneront plus d'emploi aux Lettres, que n'ont fait tous les Heros de l'Antiquité, il en prit encore plus d'affection pour elles. Il s'aquit une maniere de parler & d'écrire, noble, facile, élegante, & fit voir à la France cette Urbanité Romaine qui étoit le caractere des Scipions & des plus illuftres Romains.

C'eft à l'exemple de ces Vainqueurs des Nations, qui au retour de leurs Campagnes chargez des dépoüilles de leurs ennemis s'en venoient travailler avec Terence, & fçavoient auffi bien conduire les intrigues de la Scene que les ftratagemes de la Guerre, c'eft à leur exemple, dis-je, que Monfieur le Duc de Saint Aignan a fait voir tant de fois qu'un Lieutenant general des Armées du Roy, pouvoit être Poëte, Orateur & Hiftorien; que faifant lui-même des actions de la plus grande valeur, il fçavoit encore les loüer dans les autres; & qu'avec ce même cœur qui ne demandoit qu'à se sacrifier pour le service du Roi, il formoit chaque jour des sentimens exprimez de la maniere la plus délicate & la plus éloquente.

Par ces qualitez veritablement Academiques il obtint dans cette Compagnie la place qu'il y a si dignement occupée, & il merita aussi d'être nommé Protecteur d'une illustre Academie que nous avons receu dans notre alliance. Ce qui est pour lui un honneur qui ne perira point, & d'autant plus grand que le Roi veut bien porter un semblable titre, & le joindre à ceux que ses Vertus & ses Conquêtes lui ont acquis.

Mais non seulement Monsieur le Duc de Saint Aignan étoit le Protecteur d'une celebre Academie par un titre particulier; on peut dire encor qu'il l'étoit generalement de tous les Gens de Lettres, par une generosité qui n'excepoit personne. Le merite quelque étranger qu'il fut, de quelque part qu'il pût venir, étoit seur de trouver en lui de l'appui & de la protection. Il recevoit avec des témoignages d'amitié tous ceux qui avoient quelque talent d'esprit, & il ne leur faisoit sentir son rang & sa dignité que par les bons offices qu'il se plaisoit à leur rendre. Il aimoit aussi tous nos exercices & y venoit bien plus souvent qu'on n'eût osé l'esperer

perer d'une personne qui ne pouvoit y venir sans quitter tous les agrémens de la Cour.

Il me semble que je le vois encore dans ce beau jour, où nous nous assemblâmes pour témoigner notre joye du rétablissement de la santé du Roi. On y lût une Ode magnifique qu'il avoit faite sur ce sujet, où l'esprit & le zele paroissoient également, & qui brilloit par tout de ce feu de la plus vive jeunesse qu'il a toûjours conservé par un privilege que la nature n'accorde qu'à des genies extraordinaires.

Enfin aprés une longue & heureuse vie, il est mort dans tous les sentimens de la pieté chretienne, comblé des honneurs & des recompenses qu'avoient merité son courage, son zele & sa fidelité dans le service du Roi; & il a eu en mourant la consolation de laisser aprés lui un Fils qui augmentera encore cette succession de gloire, & de vertu.

Cet illustre Fils qui le fera revivre s'est toûjours distingué avec honneur & sans affectation, on a toûjours vû en lui beaucoup de courage avec beaucoup de douceur, une admirable pureté de mœurs, une parfaite uniformité de conduite, de la penetration, de l'application, de la vigilance, un amour constant pour la verité, & pour la justice & sur tout

C

une folide pieté qui le fait agir en fecret aux yeux de Dieu feul, comme s'il étoit vû de tous les hommes.

Tant de Vertus qui ont merité que dans un âge fi peu avancé, il ait été fait Chef du Confeil des Finances, juftifient chaque jour un fi bon choix, & font voir que le Roi jufte difpenfateur de fes graces a le don fupréme de difcerner les efprits. Heureux celui dont nous honorons la memoire d'avoir un fi digne heritier de fon nom & de fes vertus!

Mais nous n'aurons pas été moins heureux à lui donner un fucceffeur parmi Nous, & vous ayant choifi, MONSIEUR, pour reparer une fi grande perte, nous efperons que vous ferez loüer publiquement notre choix, & que vous répondrez parfaitement à notre attente.

L'Académie ne vous demande rien pour elle, que vous ne foyez obligé de faire pour vous même. Vous le devez à la reputation que vous vous êtes acquis par vos Ouvrages, Vous le devez au Sang dont vous fortez, au grand Chancelier de l'Hôpital vôtre Trif-ayeul, plus illuftre encore par fes excellens écrits, que par l'éminence de la premiere Charge du Royaume; Vous le devez enfin à cette illuftre Mere, comparable aux Cornelies qui parloit fa langue avec tant de grace & de pureté & qui vous

ayant fait fuccer l'Eloquence avec le lait, nous
a donné lieu de penfer que vous êtiez né pour
l'Académie, & que vous aviez été élevé pour
elle, entre les bras & dans le fein des Mufes
mêmes.

Mais quelque talent que vous ayez pour l'E-
loquence, la nouvelle obligation que vous
avez de confacrer vos veilles à la gloire de
LOüIS LE GRAND nôtre Augufte Protecteur, vous fera fentir de plus en plus, combien il eft difficile de parler dignement d'un
Prince dont la vie eft une fuite continuelle de
prodiges.

Les Poëtes fe plaignent de n'avoir point
d'expreffions affez fortes pour reprefenter le
merveilleux de fes exploits, & les Hiftoriens au
contraire de n'en avoir point d'affez fimples,
pour empécher que tant de merveilles ne paf-
fent pour autant de fictions. Quel art, quelle
application, quelle conduite ne faudra-il point,
pour conferver la vray-femblance avec la grandeur des chofes qu'il a faites ?

Je ne parle point de cette valeur étonnante,
qui a pris comme en courant les plus fortes Villes du monde, & devant qui les Armées les
plus nombreufes ont toûjours fuï de peur de
combattre. Je ne penfe maintenant qu'à cette
glorieufe paix dont nous joüiffons, & qui a

été faite dans un tems où l'on ne voyoit de toutes parts que des Puiſſances irritées de nos victoires, que des Etats ennemis déclarez de nos intérêts, que des Princes jaloux de nos a-vantages, tous avec des prétentions différentes & incompatibles. Comment donc parût tout d'un coup cette paix ſi heureuſe ? C'eſt un mi-racle de la ſageſſe de LOüIS LE GRAND, que la politique ne ſçauroit comprendre : & comme lui ſeul a pû la donner à toute l'Eu-rope, lui ſeul auſſi peut la lui conſerver.

Combien d'action, de penetration, de pré-voyance pour faire que tant d'Etats libres, & dont les intérêts ſont ſi contraires, demeurent dans les termes qu'il leur a preſcrit ? Il faut voir également ce qui n'eſt plus, & ce qui n'eſt pas encore, comme ce qui eſt : il faut avoir un gé-nie d'une force & d'une étenduë extraordinai-re, que nulle affaire ne charge, que nul objet ne trompe, que nulle difficulté n'arrête ; tel en-fin qu'eſt le Génie de LOüIS LE GRAND, qui eſt répandu dans toutes les parties de l'Etat, & qui n'y eſt point renfermé, agiſſant au de-hors comme au dedans, avec une force incon-cevable.

Il eſt juſques dans les extrémitez du monde, où vous avez vû, MONSIEVR, tant de ſain-tes Miſſions ſoutenuës par les ſecours continuels de sa puissance & de sa pieté.

Il est sur les frontieres du Royaume qu'il fait fortifier d'une maniére qui déconcerte & défespere tous nos ennemis.

Il est sur les Ports où il fait construire ces Vaisseaux prodigieux qui portent par tout le monde la gloire du nom François.

Il est dans les Academies de Guerre & de Marine, où la noble éducation jointe à la noblesse du Sang, forme des esprits & des courages également capables du commandement & de l'exécution, dans les plus grandes entreprises.

Il est enfin par tout, qui fait que tout est reglé comme il doit l'être: les Garnisons toûjours entretenuës, les Magasins toûjours pleins, les Arsenaux toûjours garnis, les Troupes toûjours en haleine, & aprés les travaux de la guerre maintenant occupées à des Ouvrages magnifiques qui sont les fruits de la paix; c'est ainsi que ce grand Prince agissant en même tems de toutes parts, & faisant des choses qui inspirent continuellement de la terreur à ses enhemis, de l'amour à ses sujets, & de l'admiration à tout le monde, il peut malgré les haines, les jalousies & les défiances conserver la paix qu'il a faite, parce qu'il n'y a point d'Etat qui ne voye combien il seroit dangereux de la vouloir rompre.

Quelques Princes de l'Empire fembloient en avoir la penfée, & commençoient à former des ligues nouvelles, mais le Roi toûjours également jufte & fage, ne voulant ni furprendre, ni être furpris, fit dire à l'Empereur que fi dans deux mois du jour de fa Déclaration il ne recevoit de lui des affurances pofitives de l'obfervation de la Tréve, il prendroit les mefures qu'il jugeroit néceffaires pour le bien de fon Etat. Ses Troupes en même tems volent fur les frontieres de l'Allemagne, & l'Empereur lui donne toutes les affurances qu'il pouvoit fouhaiter. Ainfi l'Europe lui doit une feconde fois le repos & la tranquilité dont elle joüit.

D'autre part l'Efpagne avoit fait une injuftice à nos Marchands, & les contraignoit de payer une taxe violente, fous prétexte qu'ils négocioient dans les Indes contre les Ordonnances. Le Roi pour arrêter tout d'un coup ces commencemens de divifion a jugé à propos d'envoyer devant Cadix une flotte capable de conquérir toutes les Indes. Auffi-tôt l'Efpagne allarmée a promis de rendre ce qu'elle avoit pris; & le Roi qui s'en eft contenté a paru encore plus grand par fa modération que par fa puiffance. Car il eft vray que rien n'eft fi admirable fur la terre que d'y voir un Prince qui pouvant tout ce qu'il veut, ne veüille rien qui ne foit jufte.

Mais c'eft le caractére naturel de LOÜIS LE GRAND, c'eft le fonds de cette ame héroïque, où toutes les Vertus font pures, fincéres, folides, véritables, & font toutes enfemble par une admirable union, qu'il eft non feulement le plus grand de tous les Rois, mais encore le plus parfait de tous les hommes.

Permis d'imprimer. Fait ce 9. *Septembre* 1687.
Signé, DE LA REYNIE.

_____

A PARIS,
De l'Imprimerie d'Antoine Lambin.
1687.

REMERCIMENT
FAIT
A L'ACADEMIE FRANÇOISE,

Par Monsieur DE LA CHAPPELLE, *Secretaire*
des Commandemens de Monseigneur
le Prince DE CONTY.

Le 12. Juillet 1688. jour de sa reception.

Avec quelques Ouvrages en vers prononcez le mesme jour.

A PARIS,

De l'Imprimerie de JEAN-BAPTISTE COIGNARD
Imprimeur du Roy, & de l'Académie Françoise,
ruë S. Jacques, à la Bible d'or.

M. DC. LXXXVIII.
AVEC PERMISSION.

REMERCIMENT

De Monsieur DE LA CHAPPELLE,
Secretaire des Commandemens de Monseigneur le Prince de Conty.

MESSIEURS,

Si les mouvemens du cœur pouvoient suppléer aux lumieres de l'esprit, l'honneur que vous me faites aujourd'huy ne jetteroit pas dans mes pensées le desordre & la confusion dont je ne puis les developper. Je sçay que cet honneur est d'un prix infini ; & s'il suffisoit de le connoistre pour le meriter, je ne rougirois pas à la veuë de ceux à qui j'en suis redevable, honteux de ne pouvoir donner des expressions à ma reconnoissance.

Eh! comment en pourrois-je trouver ? A
peine initié dans les mifteres du Parnaffe,
s'il m'eft permis de me fervir de ces termes , par quelques Ouvrages que je n'ofe
pas mefme avoüer , tant ils me paroiffent
peu dignes du rang que je viens occuper:
& connu feulement par les bontez d'un
grand Prince que je n'ay pas meritées , je
me trouve élevé au plus haut degré d'honneur où la vertu fincere , l'erudition profonde, l'eloquence parfaite puiffent eflever
ceux que l'eftude des belles Lettres diftingue du refte des hommes ; je m'y regarde
expofé aux yeux de toute la France comme fur un Theatre magnifique , où tout ce
qui frappe mes yeux eftonne mon efprit
& glace ma voix.

Ce filence profond que gardent autour
de moy tant d'hommes illuftres , accouftu-
més à fe faire admirer lorfqu'ils parlent , ce
concours extraordinaire de toutes fortes
de perfonnes à qui vous ouvrez aujour-
d'huy les portes de cet augufte Tribunal
des Mufes , tous ces regards attachez &
confondus fur moy , qui prefentent aux
miens autant de Juges que j'ay d'Audi-

teurs, Juges inflexibles & prests sur ce qu'ils vont entendre, à approuver ou à condamner vostre choix ; enfin la dignité de ces lieux, & plus encore la majesté de celui qui quoy qu'absent les remplit tousjours, dont l'image sacrée préside à toutes vos Assemblées, les échauffe, les anime de cet esprit de grandeur & de droiture qui éclate dans toutes ses actions : quel spectacle pour un homme qui connoist sa foiblesse, & à qui vostre gloire est encore plus chere que la sienne ?

J'ose le dire, MESSIEURS, il estoit de vostre interest que sur le pretexte specieux des occupations que me donne, sur tout en ce temps-cy, mon attachement assidu auprés du Prince que j'ay l'honneur de servir, je fusse dispensé de la Loy commune qui m'oblige aujourd'huy à vous parler en public.

Mais puisqu'il ne m'est pas permis de violer un usage observé depuis si long-temps avec tant d'éclat, puisse le genie de ce fameux Cardinal, à qui cet auguste Corps doit sa naissance, m'inspirer ce qu'il faut que je dise, de mesme que long-tems aprés

ſa mort il a encore conduit les affaires de
cet Empire floriſſant, & donné le mouve-
ment à celles de toute l'Europe, tant les
meſures qu'il avoit priſes eſtoient longues
& juſtes, & les fondemens qu'il avoit jettés
eſtoient ſolides & aſſeurez.

Son nom au deſſus de tous les Eloges,
imprime à ce qu'il a fait un caractere de
gloire, qui par ce ſeul titre attire avec
juſtice à cette illuſtre Compagnie la vene-
ration de tous les eſprits ; mais vous n'eſtes
point de ces enfans oiſifs qui fiers de la
dignité de leur naiſſance & enſevelis dans
un honteux loiſir, penſent ſucceder à la
reputation de leurs peres comme à un he-
ritage, ſans imiter leurs vertus.

Vous avez encore plus acquis qu'on ne
vous a laiſſé, vous avez meſme augmenté
la gloire de voſtre Fondateur, en meritant
que l'invincible Monarque qui regne aujourd'huy, ne dédaignaſt pas d'eſtre voſtre Protecteur, ny de remplir une place
que deux de ſes Sujets ont occupée avant
luy, comme ſi ce grand Prince aprés avoir
porté la France à un degré de puiſſance,
auquel le Cardinal de Richelieu luy-meſ-

me tout vaſte & tout élevé qu'il eſtoit dans
ſes projets, n'a jamais porté ſes eſperances
ny ſes veües ; comme ſi, dis-je, il s'eſtoit
fait un plaiſir de donner la perfection à tout
ce que ce celebre Miniſtre n'avoit fait que
ſouhaiter,pour couronner en meſme temps
la vertu d'un grand homme, & faire connoiſtre la ſuperiorité du genie des Rois ſur
celuy de leurs ſujets.

Aprés tout, quelqu'éclatant que ſoit
l'eſtat où ſe voit aujourd'huy l'Académie,
ſouffrez que je vous rappelle avec quelque
plaiſir celuy où elle eſtoit en naiſſant, ſouffrez que je vous faſſe ſouvenir de ces premiers temps, dont voſtre hiſtoire a fait
une ſi agreable peinture. Temps heureux
où l'eſtime reciproque, l'amitié deſinte-
reſſée, l'eſtroite union des cœurs faiſoient
le principal ornement de l'Academie.

Alors nulle infidelité n'avoit encore obligé l'Académie à retrancher aucun de ſes
membres, & nul autre avant moy en prenant ſa place parmy vous, n'avoit eſté reduit à deplorer les égaremens de ſon pre-
deceſſeur, au lieu de donner des loüanges
à ſon merite, & des pleurs à ſa memoire ;

alors un mefme efprit animoit tous les
membres de ce grand Corps, un mefme cœur les faifoit mouvoir; nulle intri-
gue fecrette, nulle crainte, nulle deffian-
ce, nulle jaloufie ne les divifoit; chacun
regardoit les interefts des autres comme
les fiens propres, & les affaires de chaque
particulier devenoient celles de tout de
Corps.

Je ne fçay fi mes expreffions refpondent
à mon idée, mais j'avouë qu'il fe forme
dans mon efprit une image fi parfaite &
fi gracieufe de ces premiers temps, que
j'ay peine à l'en détacher.

Cependant qu'on ne croye pas que je
ne vous la prefente icy cette heureufe image, que comme une de ces admirables an-
tiques, dont le goût a peri avec ceux qui
les ont faites, & dont ceux qui ont tra-
vaillé d'aprés, n'ont donné que des Copies
plus propres à faire admirer les anciens
Ouvriers, qu'à nous confoler de leur perte.

Non, MESSIEURS, cette fimplicité
noble de nos Peres, cet efprit d'union &
de concorde n'eft point efteint parmy
vous, il eft environné de mille autres
qualitez

qualitez plus brillantes, qui en quelque
manière le dérobent aux yeux ; mais il
n'en est pas moins réel ny moins effectif,
& vous conservez encore au Louvre la
mesme pureté que vous aviez dans le Tem-
ple de Themis.

C'est ainsi que j'appelle la Maison qui
vous servit de retraite aprés la mort du
Cardinal de Richelieu : le Palais d'un des
plus illustres Chefs que la Justice ayt jamais eu en France n'est pas indigne d'un
titre si auguste.

Combien estoit-il au dessus des autres
Hommes, cet Homme merveilleux, que
la multitude des affaires dans la distribu-
tion de la Justice commune, ne lassa ny ne
dégousta point, que le poids des grandes
choses dans le Conseil de nos Rois n'acca-
bla ny ne déconcerta jamais ? également
sublime, également admiré dans les plus
éclatans & dans les moindres emplois.
Jugez de ce que fust M. Seguier par ce
qui a suivy sa mort, & reparé sa perte,
LOUIS l'invincible LOUIS a bien
voulu estre son successeur.

Qu'il me soit permis icy, MESSIEURS,

B

quoyque je connoiſſe mon peu de forces
pour une ſi haute entreprise , qu'il me ſoit
permis de rendre à cet auguſte Protecteur
le juſte tribut d'admiration & de loüanges que luy rendent ſes ennemis meſmes ,
ſi toutefois il eſt encore des hommes ſur la
terre à qui on puiſſe donner ce nom, aſſez
aveugles & temeraires pour ne pas reſpec-
ter ſa puiſſance formidable , aſſez pervers
& barbares pour ne pas adorer ſes vertus.

N'attendez pas que je vous entretienne
de ſes Conqueſtes ny de ſes autres actions
encore plus éclatantes que ſes Victoires :
N'attendez pas que raſſemblant tous les
traits de ſa gloire en un ſeul Tableau , je
vous repreſente les bornes de ſon Eſtat
pouſſées au delà des pretentions de ſes
Ayeux, les Peuples nouveaux acquis à ſon
Empire, les Eſtats les plus éloignez humi-
liez & tremblans, les Voiſins étonnez &
ſoûmis , la terreur de ſon nom portée aux
deux bouts du Monde, les Païs inconnus
à l'Europe avant luy pleins du bruit de ſes
Exploits , & de l'admiration de ſa Grandeur ; la Paix, l'Abondance & la Tranquilité affermies dans ſon Royaume , tandis

que les horreurs de la guerre menacent ou
defolent les autres Empires ; le Commerce rendu libre à fes Sujets dans toutes les
parties de l'Univers , la Juftice & les Loix
rétablies, la Religion protegée , l'Herefie
détruite.

Sans entreprendre de parcourir toute
cette fuite de merveilles , je tâcheray feulement de vous faire remarquer en luy un
caractere de perfection qui m'a toûjours
frappé & qui me femble élever fa gloire
infiniment au deffus de tout ce qui a fait
le comble de celle des autres.

En effet, d'autres ont efté Conquerans
avant luy , mais ils ont borné leurs veuës
& leurs projets à gagner des Batailles & à
prendre des Villes. LOUIS va plus loin.

Confiderez encore aujourd'huy plufieurs
fiecles aprés la mort de ces fameux Vainqueurs, les Païs où ils fe font fignalés : ce
ne font que ruines affreufes , que reftes
épouventables de carnage & d'incendie ,
que deferts d'autant plus horribles qu'ils
ont été autrefois habités;& qu'on n'y trouve plus que quelques miferables refugiez
fous de triftes mafures où ils gemiffent &

B ij

n'entendent prononcer qu'en fremiffant le nom de ces Conquerans, qui ne font loüez & admirez que dans les lieux où ils n'ont jamais efté. Et regardez les Païs que LOUIS a conquis ; Villes floriffantes, Bâtimens fuperbes qui les embelliffent, Fortifications magnifiques qui les ornent & qui les deffendent , Peuples heureux & enrichis qui beniffent à toute heure le moment où ils ont efté foûmis à fa domination.

On diroit qu'il a voulu faire pour chaque Place ajoûtée à fon Empire ce dont un des premiers Maiftres du Monde faifoit fa principale gloire pour Rome feule, qu'il fe vantoit d'avoir trouvée de Brique & d'avoir renduë de Marbre.

La mefme fingularité glorieufe fe trouve dans tout le refte de fes actions : S'il détruit par la jufte rigueur de fes Loix la fureur des Duels jufques alors impunie en France , il en imprime en mefme temps l'horreur dans tous les cœurs par l'ardeur de luy plaire , que fes bontez infpirent à fes Sujets ; & il attache la honte à ce qui faifoit autrefois la gloire des plus braves.

Si ſes Vaiſſeaux vont ſous un autre Ciel porter la gloire de ſon Nom , il entreprend auſſi-toſt d'y faire connoiſtre & adorer celuy du vray Dieu.

Enfin s'il détruit entierement une Hereſie également fatale à l'Eſtat & pernicieuſe à la Religion , également forte par le nombre de ſes ſectateurs & par la ſubtilité de ſes faux principes , il cherche en meſme temps , il déracine des ſemences d'erreurs preſque imperceptibles , qui cachées aujourd'huy ſous des apparences ſpecieuſes deviendroient un jour de veritables Hereſies , ſi ſa Sageſſe n'étouffoit ces monſtres en naiſſant , tant il eſt vray que le Ciel luy a donné d'agir , d'ordonner , de voir au delà des lumieres des autres hommes.

Je m'imagine , MESSIEURS , qu'en ce moment où l'idée de la grandeur de ce ROY toûjours victorieux , honorant cette Compagnie de ſa protection , ſe preſente toute entiere à vos eſprits , vous me croyez plus accablé de voſtre gloire & plus penetré que jamais du peu de raiſon que j'avois d'aſpirer à l'honneur que vous m'avez fait.

C'eſt au contraire en ce moment que je deviens plus hardy , & que je trouve qu'il m'eſt permis de vous dire que j'ay merité la place que vous m'avez accordée. Je me ſouviens que le Prince à qui je dois vos bontez , a l'honneur d'appartenir à LOUIS LE GRAND , & delà me vient cette eſpece de preſomption qui ſied bien quelquefois & au vray merite & à la vraye vertu : Oüy , MESSIEURS , quand je ſonge à celuy qui me donne à vous , je ſuis digne de vous.

Au lieu des talents que vous cherchez & que vous ne trouvez point en moy., je vous apporte l'amitié de ce grand Prince dont il m'a ordonné de vous aſſeurer : Amitié pre-cieuſe , qui faiſoit autrefois la joye & les delices du fameux Heros ſon Oncle , dont la France pleure encore la perte , & dont tous les ſiecles publieront la gloire ſans la pouvoir jamais égaler.

Il étoit , vous le ſçavez , un des plus chers objets de l'eſtime & des tendres af-fections de cet Oncle ſi admirable ; & qu'il ſouffre que je le diſe , cette eſtime ny cette affection n'eſtoient point aveugles , il a paru digne en effet des foins & de l'attachement du grand Prince de Condé.

Quand j'oferois entreprendre de vous faire fon Eloge, & de m'abandonner aux mouvemens de mon cœur, aprés la deffenfe qu'il m'en a faite, je ne fçay fi je pourrois rien ajoufter à ce que je viens de vous dire, ny de plus glorieux pour luy, ny de plus univerfellement avoüé de tout le monde.

Mais il ne m'a permis, MESSIEURS, de vous parler de luy que pour vous faire des remercimens, & pour vous affeurer qu'il veut bien prendre part à l'obligation que je vous ay, dont je ne perdray jamais le fouvenir, & dont la reconnoiffance fera auffi longue que ma vie.

www.ingramcontent.com/pod-product-compliance
Lightning Source LLC
Chambersburg PA
CBHW060850180626
46818CB00004B/1642